Este libro pertenece a _____

Josefa Araos

June García

Lulú

quiere ser

PRESIDENTA

Ilustrado por Natichuleta

ALFAGUARA

INFANTIL Y JUVENIL

El papel utilizado para la impresión de este libro ha sido fabricado a partir de madera
procedente de bosques y plantaciones gestionadas con los más altos estándares ambientales,
garantizando una explotación de los recursos sostenible con el medio ambiente y beneficiosa para las personas.

Lulú quiere ser presidenta

Primera edición en Chile: noviembre, 2018
Primera edición en México: febrero, 2022

D. R. © 2018, Josefa Araos y June García

D. R. © 2018, Penguin Random House Grupo Editorial, S.A.
Merced 280, piso 6, Santiago de Chile

D. R. © 2022, derechos de edición mundiales en lengua castellana:
Penguin Random House Grupo Editorial, S. A. de C. V.
Blvd. Miguel de Cervantes Saavedra núm. 301, 1er piso,
colonia Granada, alcaldía Miguel Hidalgo, C. P. 11520,
Ciudad de México

penguinlibros.com

Diseño de portada: Amalia Ruiz Jeria
Ilustraciones de portada e interior: Natichuleta
Diagramación interior: Alexei Alikin

ISBN: 978-607-381-075-3

Impreso en México – *Printed in Mexico*

Existen pocas armas en el mundo
que son tan poderosas como una niña
con un libro en la mano.

Malala Yousafzai

PERSONAJES

Lulú — ¡yop!

Pequeña humana que se dedica a hacer desorden y crítica de dibujos animados.

Max — mi hermano

Adolescente gruñón y catador de pizzas.

Josefa — mamá

Fotógrafa oficial de la familia y fanática del ciclismo.

Andrés — papá

Rey de los hot cakes y mi asistente personal en las tareas escolares.

Luna — mi mejor amiga

Científica en proceso y campeona de Just Dance.

LIBROS Y LIBRAS

Todos los viernes antes de que terminen las clases pienso lo mismo: ¡amo este día! Principalmente porque en la tarde papá nos lleva a mi hermano y a mí a una de esas heladerías donde puedes agregar galletas, gomitas, fruta, salsas, coco rallado, chispas de colores, cereal, cacahuates (y una infinidad de cosas) a tu helado. Yo le pongo de TODO.

—Luisa, presta atención —dice la miss Marta golpeando mi mesa.

—Sí, sí, ¡estoy atenta! —respondo sin poder dejar de pensar en la salsa de chocolate resbalando por un vaso XL y en la película de superhéroes y superheroínas que iremos a ver después.

* * *

Odio que me digan Luisa. Lulú me queda mucho mejor. Cuando me llaman por mi nombre pienso en una señora viejita, arrugada y con la cabeza blanca como una nube. No es que ser vieja sea malo o feo, pero Lulú es más entretenido, chistoso y lindo… **como yo**. Si Lulú fuera una cosa, definitivamente sería un helado grande, de cinco sabores diferentes.

Antes de que termine la última clase, la profesora nos da una información que me emociona mucho, mucho, **MUCHO**.

—Niños, como pasaron a cuarto año es hora de que elijan a la mesa directiva de la clase con sus tres cargos: presidente, tesorero y secretaria.

¡AHHHHH! ¡Por fin llegó el momento! En las vacaciones mi papá me había contado que en cuarto podríamos elegir a nuestra mesa directiva, pero se me había olvidado por completo.

—El presidente tiene la tarea de representar a todos sus compañeros —nos explica—, el tesorero se preocupa de guardar el dinero que recolectemos en actividades y la secretaria se encarga de tomar notas del consejo de curso y mantener todo en orden.

Me vería estupenda de presidenta, hay que decirlo: el cargo es ideal para mí. Representaría a mis compañeros de la mejor manera y cuando me tocara proponer ideas, ¡uf!, echaría a volar mi imaginación, que es muuuuy amplia.

—La campaña empezará el próximo lunes y durará hasta el jueves, el viernes serán las votaciones. ¿Quiénes están interesados en postularse? —dice la miss.

—¿Puedo ser presidente, tesorero y secretario? —pregunta Rafael balanceándose en su silla con una sonrisa gigante.

—¡Rafa!, ¿quieres ser secretario? —grita Diego—. ¡Pero si eso es para las niñas!

Todos explotan en una carcajada. Yo, en cambio, me río solo un poquito, porque en verdad no entendí el chiste. Pensaba que niños y niñas podían ser cualquiera de los tres.

—Ehm, yo no dije eso, Diego —comenta la profe un poquito nerviosa.

—Pero si usted dijo claramente se-cre-ta-ria, miss.

—Ah, sí, bueno… presidentes, presidentas, tesoreros, tesoreras, secretarios, secretarias —concluye con una sonrisa triunfal.

—Libros y libras, mochilos y mochilas —responde Diego muerto de risa mirando el techo.

—No seas pesado, Diego, está bien que la profe lo aclare, no se había entendido al principio —le digo dándome vuelta para mirarlo, porque tengo la desgracia de que se siente justo detrás de mí.

—Uyyy, ¿acaso quieres ser presidenta tú, Luisa?

—Sí —contesto en voz baja—. Me gustaría ser presidenta. ¿Y qué?

—Pero si para ser presidenta hay que ser inteligente, Lulucita —dice dándome unas palmadas molestas en la nuca.

Todo el salón suelta un gran **UHHH** y algunos se ríen. Yo lo encuentro superaburrido. Si para ser presidenta hay que ser inteligente, entonces estoy lista. Soy megaavispada. Además, no sé qué se cree Diego. Va de payaso por la vida, pero en el fondo es un egoísta que hace sentir mal a la gente.

—Ya, niños, suficiente. Aparte de Luisa, ¿a alguien más le interesa postularse a algún cargo de la mesa directiva?

Algunos compañeros levantan la mano y yo voy evaluando a mi competencia. Mmh, nada mal. Tendré que usar mi ingenio para hacer una campaña a la que nadie se pueda resistir.

La profesora, ya cansada, anuncia que el lunes tenemos que llevar volantes o carteles con nuestras propuestas, el resumen de nuestras cualidades y esas cosas. Además, nos cuenta que a mitad de semana habrá un debate entre los candidatos a presidente para discutir ideas. «Fácil», pienso, «comparto mis planes más entretenidos en voz alta y les digo a todos que voten por mí, **duh**».

Por suerte mi papá ya me había explicado qué era un «debate», así que no tengo que preguntar como el resto. Siento que eso me hace ganar algunos puntitos de antemano, jeje. A veces soy bastante competitiva, lo sé.

Justo cuando suena el timbre y tomo mi mochila, veo a mi papá a través de la ventana esperándome. ¡Cierto, iríamos al cine!

Ay, qué día más perfecto.

Salgo corriendo antes que todos y fantaseo mentalmente con el momento que viviré el próximo viernes, cuando todos mis compañeros griten: ¡Lulú presidenta!

LA PREPARACIÓN

Cuando volvemos del cine, le cuento a mi mamá que quiero ser presidenta. A mi papá y a Max ya se lo había dicho, porque no me aguanté, jiji. Ponemos la mesa todos juntos y apenas nos sentamos a comer le suelto la noticia a ella. A pesar de que mi hermano ya sabía, se hace el sorprendido.

—¡Ujú! ¡Increíble, Lulú! Vas a ser la mejor presidenta del curso, del colegio... y de México.

—Primero tiene que ganar, eso sí —dice mi mamá sonriendo y mirando algo en su celular—. ¡Aunque estoy segura de que lo va a lograr!

—Sí, sí y sí —remata mi papá cortando un gran pedazo de carne al jugo—. Seguro que lo va a lograr porque todos vamos a ayudarla en su campaña.

Terminamos de comer y yo noto algo diferente en mí. Por alguna extraña razón no tengo sueño.

* * *

Al día siguiente nos despertamos temprano y me topo con una deliciosa sorpresa: mi papá está haciendo hot cakes con dulce de leche para el desayuno, una de sus especialidades. Nos sentamos en la mesa de la cocina y comienzo a escribir la lista de los materiales que necesito para hacer mis carteles de la candidatura: diamantina, cartulinas de colores, fomi, pegamento, plumones fosfo, stickers de emojis, tijeras y… helado de chocolate para poder concentrarme.

Mi mamá se ofrece para ir a comprarlos, así que le entrego mi **gran lista** diciéndole que no se le puede olvidar nada.

Max, mi papá y yo nos quedamos en la sala viendo tele en piyama. ¿Qué más se le puede pedir a un sábado?

—Estaba pensando que cuando sea presidenta tengo que pedirle a la miss que ponga una foto mía en la sala. ¿Te acuerdas, papá, de cuando el año pasado fuimos al desfile y había una foto de la Presidenta de México? Me la tendrías que sacar tú, Max, con tu iPhone. ¡Ya sé! Y me hago una banda presidencial para verme más bonita.

—Mmh, Lulú, todavía no eres ni presidenta y ya quieres fotos. ¿No se te estarán subiendo los humos a la cabeza? —dice Max cambiando el canal.

—¡Tu hermano tiene razón, jovencita! Si eres presidenta, lo importante será ayudar al resto, compartir, hacer algo por cambiar las cosas malas. No que tu foto esté en todas partes. Aunque, lo reconozco, te verías muy linda con esa banda de presidenta.

—Okey, okey, sin foto entonces —digo disimulando mi decepción—. Lo primero que voy a proponer será eliminar el uniforme para poder ir todos los días con ropa de calle. Y también voy a decretar que en la cafetería haya helado de postre todos los días.

—¡Luisa! ¡Loca! —grita Max—. Vas a ser presidenta solo del cuarto B, no del colegio entero. Tienes que pensar en propuestas que les sirvan exclusivamente a tus compañeros de clase.

Corto un último hot cake por la mitad y me quedo mirando el techo mientras me lo como. Mi hermano tiene razón.

Igual es difícil pensar en qué le interesa a mi salón, porque mis compañeros son **taaan** diferentes entre ellos... Quizás podría hacer propuestas para todos los gustos: comprar pelotas para los que juegan futbol o básquet en los recreos, poner películas los viernes después de clases para los que les gusta el cine y **¡alargar los recreos!** Ay, no, eso no puedo hacerlo. Mmh, ¿tal vez pedir que nos dejen escuchar música cuando estemos haciendo algún ejercicio en clases?

Max se pone a lavar los platos justo cuando mi mamá vuelve con la compra. No podré ayudarlo a ordenar, ¡qué pena!, jeje. Tengo cosas más importantes que hacer. Abro la bolsa y verifico que esté todo. ¡Agregó unos stickers de animales que me encantan! Los pegaré en las cartulinas y

haré dibujitos alrededor. Aunque no soy muy buena dibujando… Mejor sin dibujos.

Pido permiso a mis papás para saltarme el almuerzo y me quedo toda la tarde trabajando en mis carteles. Cuando me canso, bajo a la cocina a buscar un poquito de helado y luego sigo.

—Lulú, estás comiendo demasiado helado —dice mi papá cuando me ve por quinta vez con la cabeza metida en el refrigerador.

—¡La última cucharadita! —digo con las manos juntas en rezo.

—Última, última.

—Cuando sea presidenta tendré permiso para comer todo el helado que me dé la gana —digo y subo las escaleras corriendo para que no le dé tiempo a responder.

DOMINGO

Los domingos son nuestro día en familia. Ya es tradición estar juntos por lo menos toda la tarde, y si a alguien se le ocurre salir y faltarle el respeto a nuestro ritual, se queda sin postre toda la semana.

Siempre hacemos cosas diferentes. Vamos a almorzar al parque, vemos películas, cocinamos cosas ricas o molestamos a Max (porque ya se cree grande y se estresa con la idea de estar todo el día sin ver a sus amigos), aunque tiene que reconocer que al final lo pasa bien y que ningún domingo en familia es aburrido (porque estoy yo, obvio).

✳ ✳ ✳

Este domingo previo a la campaña es especial. Despierto y abro muy lentito los ojos. Me estiro y veo a través de la ventana que hay sol. Cuando termino de sacarme la flojera de encima, hago lo de siempre: corro al cuarto de mis papás para acostarme un rato con ellos y ver tele juntos.

Antes de entrar, toco la puerta.

—¡Contraseña! —grita mi papá.

—Dkjfhkdjfh —respondo y escucho que se levanta de la cama.

—Pase, *mademoiselle* —dice abriéndome la puerta con una reverencia.

Me acerco corriendo a la cama y me tiro de golpe al lado de mi mamá. Poquito después aparece Max como un zombi, todo greñudo. Vemos un programa que él elige y yo aprovecho para dormir otro poco, aunque de ratitos, porque lo de la candidatura me tiene inquieta.

Cerca de las doce, Max y mamá se van a preparar el almuerzo: pollo arvejado con puré, el plato preferido de mi hermano. A mí no me parece un manjar de los dioses que digamos, pero me lo como con la mejor cara porque lo hicieron con amor y el amor no se desprecia. A papá y a mí nos toca lavar los platos. Después vamos

a la sala para ver una película todos juntos. Acordamos ver *Coco*. ¡Qué película más **tristelinda**! Cada vez que me da tristeza me escondo en el hombro de mi mamá porque me da vergüenza que me vean llorar.

* * *

Después de la película salimos a andar en bicicleta y, a la vuelta, nos ponemos manos a la obra con lo que yo había empezado a hacer ayer: mis maravillosos carteles presidenciales. Solo cuando estoy totalmente segura de que están perfectos, me voy a mi cuarto.

Cuando me estoy poniendo la piyama, mi mamá toca la puerta.

—Lulú, quiero decirte algunas cosas antes de que empiece tu campaña —dice haciéndome cariñitos en el pelo.

—¿Sí? —respondo y me meto a la cama.

—Estamos orgullosos de ti, eres muy inteligente y capaz, solamente tienes que saber comunicar bien tus ideas para que tus compañeros quieran votar por ti. Porque también eres solidaria y pensarás en lo mejor para tu salón, ¿no? Entrégate y no dudes de tus habilidades, eres capaz de TODO. El mundo es tuyo, Luisa, solo tienes que conquistarlo. Aunque seguramente te tocará enfrentar problemas y pasar por momentos difíciles… El único consejo que te voy a dar hoy es que lo que hagas sea apuntando al bien común.

Cuando termina de hablar me da un beso bien apretado en la frente y apaga la luz. Es todo lo que necesitaba para empezar de la mejor manera mi campaña.

EMPIEZA LA COMPETENCIA

Cuando despierto, encuentro encima de mi mesita unos broches nuevos junto con una nota de mi mamá que dice «lúcete». Los amo, ¡son demasiado lindos! Me

preparo lo más rápido que puedo porque solo por hoy quiero llegar un poco más temprano para tener tiempo de colgar mis carteles antes que todos. Me pongo los broches azul marino con diamantina y bajo a la cocina.

Sobre la mesa encuentro un desayuno muy especial. Por lo general como granola con yogurt, pero hoy hay waffles con muchas frutas y salsas distintas, además de jugo de naranja y huevos revueltos. *¡Ñami!* Como todo lo que puedo en cinco minutos y después papá nos lleva a la escuela. ¡No puedo evitar sentirme eufórica! Pongo la música de la radio fuerte y me voy bailando todo el camino.

Antes de bajarme, revisamos que no se me haya quedado nada en la casa.

—Cartel, cinta adhesiva, stickers, colación, minipanfletos —dice mi papá revisando su celular.

—¡Tengo todo! ¡Me tengo que ir, ya estoy atrasada! Bye, papá —respondo antes de bajar de un salto del auto.

Corro por el pasillo para llegar al salón y cuando entro me llevo la sorpresa de que está todo empapelado en carteles. Bueno, todo el salón menos el peor lugar del mundo, el pedazo de pared de la esquina del fondo al lado

de las carpetas. NOOOOOOOOO. Mis carteles ni siquiera caben en ese espacio.

Justo en el peor momento de la crisis, se me acerca Diego.

—¡Lindos carteles, Lulucita! Qué pena que no los vas a poder pegar.

Antes de responderle algo tonto, recuerdo las palabras de mi mamá: "El mundo es tuyo, Luisa, solo tienes que saber conquistarlo". Uf, conquistado o no, el mundo parece estar en mi contra.

—¡Sí! De verdad que están muy lindos, además justo queda un espacio en el mejor lugar, al lado de las carpetas. Estarán perfectos ahí porque cuando tengamos que ir a buscarlas para guardar las tareas todos verán mi mensaje.

Ni sé de dónde salieron esas palabras pero logro mi objetivo: Diego se queda sin respuesta.

Me acerco al rincón con la cinta adhesiva en la mano y pego solo mi cartel principal. Lo que más me gusta es la consigna: Lulú presidenta. Me alejo un poco para mirarlo. Es precioso, lleno de colores y brillos. Destacaría aunque lo pusiera en el baño.

Rápidamente evalúo a mi competencia.

Diego: el más pesado de la clase, siempre haciendo bromitas tontas para molestarme y quedar como el gracioso. Le encanta que todos se rían con lo que dice. Sus propuestas son un poco ridículas: que los recreos sean más largos, ver dibujos animados en vez de tomar clases y poder comer chicle en el salón.

Rafael: el más aplicado y silencioso del salón. Propone hacer una biblioteca para el salón y un rincón de lectura para leer en los ratos libres. Él me cae bien, es simpático y siempre me ayuda cuando no entiendo alguna materia. Su idea es buena, pero… me temo que un poquito específica y será aburrida para algunos.

Lulú, o sea yo: la más alegre y la candidata con mejores propuestas: poder elegir libremente los títulos del plan lector, comprar una pelota para el salón y que se muestren películas después de clases los viernes. Opciones variadas, para los distintos gustos de mis compis.

Para tesorero se postularon Juan José y Nicolás y para secretaria Fernanda y mi querida amiga Luna. Bien. Si todo resulta, seremos una gran mesa directiva.

LA VENGANZA

Luna es una de mis mejores amigas. La quiero porque es sabia y simpática y nos aconsejamos cada vez que lo necesitamos. En el primer recreo conversamos sobre lo que haríamos como mesa directiva si es que lográbamos ser ella secretaria y yo presidenta. También acordamos que les pediríamos permiso a nuestros papás para hacer **una piyamada** si ganábamos o si perdíamos. Le rogaría a mi papá que hiciera hot cakes con dulce de leche, que nos dejara ver tele hasta tarde y que no nos regañara por conversar y reírnos en la noche.

Cuando volvemos al salón después del recreo, noto que algunos compañeros están alrededor de mi cartel rosado con diamantina. Pienso que se están fijando en los detalles de la decoración, pero al acercarme me doy cuenta de que Diego y otros niños le están haciendo dibujos

feos con un lápiz. ¡¿Qué se creen?! NADIE toca mi cartel rosado con diamantina, ¡nadie!

—¡Qué están haciendo! —grito mientras intento abrirme paso entre la masa.

—Le faltaban adornos, Luisa —dice Diego terminando de hacer unas caritas en mi cartel con un coro de carcajadas detrás.

Justo cuando voy a responderle (y pegarle, pero despacito), entra la profesora de arte y nos manda a sentar. Tengo la cara roja de rabia y de vergüenza. Esto no se va a quedar así, no,

NO, **NO**, no, no, **¡NO!** Camino hacia mi lugar lo más tranquilamente que puedo y luego finjo poner atención en clases, pero en realidad estoy todo el tiempo planeando mi venganza. Lo que decido me parece genial: cuando se acabe el día tiraré a la basura los carteles de los demás candidatos y solo dejaré el mío. Verificaré que no haya auxiliares ni inspectores mirando y así nadie me podrá acusar. **¡Je!** ¡Qué ingeniosa me ha hecho la vida!

Y es exactamente lo que hago. Cuando suena el último timbre del día, todos mis compañeros salen corriendo con sus mochilas y yo me quedo tranquila esperando. Diez minutos después, verifico que no haya nadie en el pasillo y empiezo mi misión. Arranco uno de los carteles pésimamente escritos de Diego y lo leo: **«Keremos mas rekreo»**. Su letra es horrible, la cartulina está sucia y tiene los bordes con pegamento y pelusas. Me río fuerte. Ahora voy por uno de los carteles de Rafa. Solo dice **«Más libros»** en letras negras sobre una cartulina blanca. Se pasó de aburrido. Me sigo riendo, pero más bajito para no llamar la atención de nadie. Continúo arrancando carteles y los voy metiendo bien doblados al basurero. No puedo evitar pensar en lo mucho que disfrutaré mañana viendo las caras de decepción de ese par. Bueno, se lo merecen. Nadie se ríe de Lulú. Y nadie arruina sus obras de arte de esa manera tan vulgar.

—¿Luisa? ¿Qué estás haciendo, hija? —Escucho la voz de mi papá detrás de mí y me quedo hecha estatua.

—¿Eh? Nada —respondo con los cachetes rojos de vergüenza, escondiendo mis manos en los bolsillos del delantal y mirando al piso. Las rodillas me empiezan a temblar.

—Te has demorado veinte minutos en salir. Vamos rápido, que dejé el auto mal estacionado —dice con una voz de clara molestia.

Lo sigo hasta el estacionamiento arrastrando mi mochila (siempre me ayuda a llevarla, pero esta vez no), nos subimos al auto y me abrocho el cinturón callada. Papá parece enojado y triste, no me habla en todo el camino y *eso, eso, eso* sí que es raro. Generalmente no se calla. Me va a llegar un regaño, estoy segura, lo siento en el aire. Quizás me dejan sin ver tele en toda la semana. No quiero ni pensar en la cara que va a poner mi mamá cuando se entere de lo que me pilló haciendo. *¡Ay, Lulú!* Parece que te metiste en un problemón.

—Entra, sube a tu cuarto y haz tu tarea —ordena—. Cuando termines, merendamos juntos. No le voy a contar nada a tu mamá. Ahora tú tienes que decidir si se lo dices.

Camino a mi cuarto pensando en cómo le voy a confesar a mi mamá lo que hice. Pero, pensándolo bien, no todo es mi culpa, *¡me provocaron!* Tal vez Rafa no se merece que le haya roto su cartel, pero Diego sí, ese sí que sí. ¿No es eso acaso la justicia? Me habían dañado y yo solo cobré venganza.

Hago mi tarea (mal, porque cuando estoy nerviosa me cuesta concentrarme) y luego bajo a merendar con papá. Antes de que terminemos, mi mamá lo llama al celular y escucho que le dice que va a llegar tarde por un problema en la oficina. Uf, por lo menos tendré un poco más de tiempo para pensar en qué le voy a decir. ¿Tal vez podría hacerme la dormida cuando fuera a darme las buenas noches? Sí. Hoy tengo mucho sueño y me acostaré temprano.

❋ ❋ ❋

Paso el resto de la tarde haciendo carteles más chiquititos, ahora sin la ayuda de Max, que se quedó en la liga de futbol, y sin la ayuda de mi papá, obviamente. Debo reconocer que me quedaban más lindos cuando participaban ellos.

En la noche mi hermano llega muerto de hambre y comemos juntos, pero me siento incómoda por mi secreto y apenas le hablo, pese a que él intenta averiguar todos los detalles del primer día de candidatura.

Decido ir a acostarme antes de las nueve. Necesito recobrar energías para mi segundo día de campaña. Y, bueno, evitar a alguien, ji.

¿UN DULCECITO?

El martes despierto sola, antes de que mi papá venga a tocar mi puerta, y me quedo un rato mirando el techo. Escucho que mi mamá se va a trabajar más temprano que lo habitual. Aunque me da pena no poder verla, me siento aliviada de tener más tiempo para reflexionar antes de contarle lo que hice ayer.

Voy a ducharme, me visto rápido y tomo el desayuno casi sin fijarme en lo que estoy comiendo. ¿Granola con yogurt? Mi papá me saluda con distancia, nos subimos al auto y llegamos súper rápido al colegio. Me despido de él y de Max y corro al salón a pegar mis nuevos carteles. Como son más pequeños que el anterior, caben en lugares muy interesantes. Tengo que recuperar la calma: aunque mi papá me haya pillado, logré sacar las pancartas de mis dos rivales. Ahora los míos serán los protagonistas.

—¡Ay, no! ¿Qué pasó con mis carteles? ¡Solo queda UNO! Y yo había puesto varios aquí —dice Rafa con una cara tan desilusionada que casi me da pena.

—¡¿Qué?! ¿¿Y los míos?? —grita Diego corriendo hasta la pared del fondo—. ¡Seguro fue la Luisa! Ayer andaba muy enojada porque le tocó poner su cartelucho feo al lado de las carpetas.

—A mí no me metan —digo haciéndome tonta—. No tengo idea de qué habrá pasado con sus carteles. Yo solo decidí hacer más propaganda porque ustedes se habían pasado poniendo avisos.

Los demás compañeros van entrando por goteo a la sala y se sorprenden con mis carteles. Me felicitan, dicen que están muy lindos y que llaman mucho la atención. Es exactamente lo que necesito: que les atraigan mis pancartas, lean mis propuestas supercool y el viernes voten por mí. Fin.

* * *

Luego de eso la mañana avanza bastante bien, hasta que me doy cuenta de que en pocas horas se ha expandido el rumor de que **fui yo** quien ha hecho desaparecer los carteles de Diego y Rafael y noto cómo lentamente mi popularidad empieza a bajar. Mi buena fama pasa a ser fama de mala persona y de mala compañera. Me defiendo con mil mentiras, pero al parecer nadie me cree. Necesito hacer algo para que vuelvan a confiar en mí y sacudirme esta nueva fama de bully.

—**Oye, Martín, ¿quieres un dulce?** Tengo de varios sabores. Me los trajo mi tía de Estados Unidos, son demasiado ricos —le digo sacando con el dolor de mi alma la bolsa de chiclosos que tenía reservados para comérmelos sola y en momentos especiales.

—**Ohhh**, gracias, Lulú, ¡estaba muerto de hambre! ¿Puedo agarrar dos? —dice metiendo la mano a la bolsa.

—¡Espera! —grito alejándole el paquete—. ¿Vas a votar por mí?

—¿Que qué? —pregunta confundido.

—Que si vas a votar por mí para presidenta o no. Porque solo le daré dulces a quienes prometan votar por mí.

—Ah, sí, dale. Tienes mi voto.

—Muy bien, saca dos —le digo acercándole otra vez la bolsa.

Repito mi ingenioso gesto con otros compañeros y así me voy asegurando más y más votos, aunque creo que no es suficiente, así que decido dar un paso más en mi estrategia.

—¡Hola, Cami! —saludo toda alegre.

—Hola, Luisa, ¿qué quieres? —responde sin mirarme.

—Ah, nada, venía a contarte algo que dijo Diego sobre ti, pero como parece que no tienes ganas de hablar, mejor me voy —digo dándome la vuelta.

—¡¿Cómo?! ¡Diego? ¿Qué dijo? ¡Dime!

—Es súper feo en verdad. Le andaba diciendo a los otros niños que eres medio tonta y que aún no te sabes bien las tablas.

—¿Qué? ¡Mentiroso! ¿¿Qué se cree!? Me las sé mejor que él… Y yo que iba a votar por él como presidente. ¡Se hundió!

—Rafa también estaba en ese grupito y lo apoyó. Dijo que se te confundían las fechas de la Independencia. —La miré con cara de preocupación… la mejor cara de preocupación que se pueden imaginar.

—Mmh, ya, eso es un poco cierto, pero igual, ¿¡qué les pasa!? No todo el mundo dedica la tarde entera a estudiar, como él, que es un pobre niño rata.

—Bueno, Cami, ya sabes que yo también me estoy postulando a presidenta. De verdad quiero que la clase esté bien, por eso te lo comenté.

—Sí, gracias, Lulú, lo valoro —dice y yo me alejo con cara de víctima para buscar un nuevo blanco a quien contarle las cosas feas que andan diciendo Rafa y Diego de su persona.

Me siento frenética, como que no puedo parar de repartir dulces y mentiras, y ni siquiera así pienso que tengo asegurado el éxito. Justo cuando se me acaban los dulces, veo que al lado de la mesa de la miss Marta está la caja con las papeletas para la votación del viernes y se me ocurre una idea espléndida: cuando llegue el día, reemplazaré los votos de la caja por unos que solo tengan mi nombre.

❋ ❋ ❋

En la pausa del almuerzo me encierro en el baño con los papelitos que corté disimuladamente en la clase de historia y distintos lápices de colores.

Anoto varias veces mi nombre intentando cambiar la letra y hacerla fea o bonita. Los meto en mi mochila y pienso en cómo haré para reemplazarlos por los votos verdaderos (sin que me pillen… dah). No estoy segura para nada, pero algo me dice que resultará.

Después del almuerzo retomo mis estrategias maléficas. Me acuerdo de mis papás y me da un poco de miedo y pena, pero ya está, no puedo detenerme ahora. Alguien por ahí dijo que el fin justifica los medios. O algo así, ¿no?

—Oye, Diego, la profe dijo que el debate será mañana temprano y no hoy después de clases. Me pidió que te avisara porque no te pudo encontrar. Estabas jugando futbol, ¿no?

—Sí, metiendo goles como campeón. Ya, gracias por avisarme, Luisa —dice cambiándose la playera de deporte frente a mí, puaj—. ¿Te pasa algo? Estás como buena onda conmigo.

—No me pasa nada. Quería avisarte del cambio, porque no me da miedo debatir contigo. Obvio que te gano. Bye.

En el primer recreo de la tarde me voy a la biblioteca, donde encuentro a Rafa con la cabeza metida en el tomo tres de Harry Potter. Le informo lo mismo que a Diego, que se cambió el día del debate. Y me lo agradece con una sonrisa de ratón famélico, qué pena.

Cuando suena el último timbre de la jornada, veo cómo los dos salen de la sala hechos una flecha. **Muajajá**, qué ingenuos. O qué convincente yo, ¿no?

La miss Marta entra diez minutos después con el libro de clases debajo del brazo.

—¿Y los demás candidatos? —pregunta mirándome.

—Parece que se fueron a sus casas porque no querían debatir —respondo con cara de Ángel Luisa.

—Eso es mentira, yo escuché a Luisa diciéndoles que el debate se cambiaba para mañana —grita Andrea, una pelirroja de lentes, desde el fondo del salón.

—¡¿Qué?! ¿De verdad hiciste eso, Luisa? —dice la miss y todas las miradas se posan sobre mí.

—Ay, ehm, yo... **¡no, profe!** —grito sintiéndome indefensa y con los ojos llorosos.

—¡Qué vergüenza, Luisa! ¿Tú crees que mereces ser presidenta después de esto? Yo creo que **no** —remata cerrando fuerte el libro de clases.

Todos se ríen de mí, incluso ella.

—Pero, **¡¡¡profe!!!** —protesto roja, roja, roja.

—Luisa, ¡despierta!

—¿¿Qué??

CAMPAÑA LIMPIA

—Luisa, despierta, parece que apagaste el despertador y te quedaste dormida. —Abro los ojos y veo a mi papá a los pies de mi cama.

—¿Qué? ¿Qué día es? —pregunto sentándome como un resorte.

—¿Ehh? Martes, Luisa. Le dije a tu mamá que tenías que contarle algo.

Papá me deja sola y me dice que me vista rápido para desayunar. ¿O sea que todo fue una pesadilla?

Mientras me cepillo el pelo, pienso en mi extenso y demasiado real sueño. No quiero que las cosas terminen así. Quiero ser una buena presidenta y para eso tengo que hacer una campaña limpia y no comprar a nadie con dulces o falsos chismes. Si Diego es malo conmigo, yo no tengo que ser más mala con él, sino que debo demostrarle que soy superior.

Me miro en el espejo y respiro hondo. Acomodo mis broches azules y me armo de valor para bajar a la cocina y asumir lo que hice.

—Mamá, tengo que contarte algo —digo agarrando con las dos manos el vaso de leche con chocolate que tengo enfrente.

—Dime, Lulú —contesta, levantando la vista de su celular.

—Ayer unos compañeros rayaron mi cartel y me enojé mucho, mucho. Cuando salimos de clases boté los suyos para vengarme y papá me pilló. Se enojó y ahora no me quiere hablar y está muy seco. Sé que no actué bien, pero en verdad quiero ser presidenta, no quiero perder. —Solté todo muy rápido, como cuando me arranco las curitas de un tirón.

—Lulú, tranquila. —Mamá acerca su silla y me toma la mano—. Todos podemos equivocarnos. Eso no quiere decir que seamos malas personas. Tú simplemente cometiste un error que estás asumiendo. Ahora solo te queda hacer algo.

—¿Pedir perdón? —digo empezando a llorar un poco.

—**Exacto** —responde sonriendo—. Pedir perdón y trabajar más aún para que ganes sin hacer trampa, para que tu clase te escuche y vuelva a creer en ti. Eres capaz de todo eso, Lulú. No necesitas romper los otros carteles para que el tuyo brille más, solo debes hacer del tuyo el mejor. Así, sin importar cuántos carteles haya alrededor, será el más atractivo.

Me quedo pensando en silencio y apuro la leche. Como siempre, mamá tiene toda la razón.

❋ ❋ ❋

Terminamos de desayunar, mamá se va al trabajo y papá se acerca para abrazarme. Nos subimos al auto, ponemos música y nos vamos cantando todo el camino hasta el colegio. Estoy más animada que nunca para hacer mi campaña de la mejor manera. Ahora sí que nadie me va a ganar. Qué bien se siente volver a tener el cariño de la familia. Por suerte Max no se enteró.

Apenas llego al salón me doy cuenta de que Rafa y Diego están tan enojados como en mi sueño, pero me echo al agua rápido y pido perdón. Luego me pongo manos a la obra. Antes de que entre la miss Marta paso por todos los puestos de mis compañeras y compañeros y les cuento mis ideas con el mayor entusiasmo posible, para que voten por mí sin dulces ni rumores inventados de por medio. Además, aprovecho para explicarles lo de los carteles, diciendo que fue un arrebato y que ellos no debieron haber rayado mis anuncios.

—Hola, Dani, ¿qué estás haciendo?

—Hola, Lulú. Aquí, ordenando mi maleta de educación física. En la tarde tenemos partido, ¿y tú?

—¡Qué padre! Ojalá ganen —digo entusiasmada—. Yo aquí, bien. Aprovecho para contarte algo de mi campaña. Una de mis propuestas como presidenta de curso será que compremos pelotas para que así puedan jugar todos los recreos. Sería mejor si tuviéramos una disponible siempre, ¿no?

—¡Uh, me encanta! —dice abriendo los ojos—. Yo siempre tengo que andar corriendo para ganarles la pelota a las del A. ¡Voy a votar por ti, Luisa!

Pongo atención en los detalles, es decir, en qué le gusta hacer a cada uno, para así tentarlos.

Me acerco a más y más compañeros.

—¿Cómo estás, Caco?

—Bien, Lulú, aunque cansado por el ensayo de ayer. ¿Y tú? ¿Todo okey?

—Sí, sí, estoy muy bien. Oye, quería contarte una idea que tengo para cuando sea presidenta… si es que gano, obvio, jeje. Me gustaría que tengamos un grupo de baile en la clase y que ensayemos todos los martes o miércoles. Así, cuando llegue la semana del festival, seremos los más geniales, invencibles y entretenidos bailando.

—¡¡Oh!! ¡Yo podría hacer de coreógrafo! Como bailo más que el resto, me manejo mejor. Me encanta —dice aplaudiendo—. Voy a votar por ti.

Me quedo toda la hora siguiente dibujando en mi cuaderno ideas nuevas para hacer más carteles y no pongo atención a la clase. Mañana es el debate y tengo que estar preparada, ¿no?

En la tarde papá me pasa a buscar y nos vamos conversando en el auto. Le recuerdo que tiene que ayudarme a preparar el debate y hacer tarjetas para leerlas si es que se me olvida algo.

En la casa comemos algo y luego ponemos todos mis peluches en el piso de la sala mirando hacia mí, parada sobre uno de los sofás. Papá se sienta detrás de ellos y yo recito mis propuestas sin equivocarme, sin leer las tarjetas y con mi mejor cara de **presidenta Lulú**.

—Para que la clase de lenguaje sea más entretenida… (más entretenida aún, digo), propongo que nosotros y nosotras podamos elegir los libros que leeremos en el año, así los leemos con más ganas y nos sacamos más dieces.

—¡BRAVO! —aplaude mi papá, y yo pienso que si los peluches pudiesen aplaudir, también lo harían.

❁ ❁ ❁

Luego llega Max y durante lo que queda de la tarde hacemos un montón de cartelitos tan lindos como el primero, llenos de colores, brillitos y stickers.

SOMOS UN EQUIPO

A la mañana siguiente decido que me voy a relajar y poner un poquito de atención en clases. Y eso hago. Cuando suena el timbre para el almuerzo, como lo más rápido que puedo y luego me voy sola a un rincón del patio para poder practicar por última vez mi discurso.

—Buenas tardes, queridos compañeros y compañeras —empiezo a decir bien bajito mirando la reja e imaginando que están todos sentados frente a mí.

—Lulú, ¡sonó el timbre! —dice Rafa corriendo al salón y tirándome el delantal al paso.

¡¿Qué?! ¡Ay, no, no alcancé a ensayar nada!, digo para mis adentros, pese a que en el fondo sé que he ensayado mucho.

Decido caminar tranquilamente hasta el salón. Incluso paso al baño y me miro al espejo.

«Lulú presidenta», digo, y me mojo la cara antes de partir.

Llego un poco tarde y la miss Marta me mira levantando las cejas. Hay tres sillas adelante, y Rafael y Diego ya están sentados. Como vi en mi película favorita (*El diario de la princesa*), pienso: «Una reina no llega tarde, todos los demás llegan temprano».

Primero habla Rafa. Usa muy bien sus tres minutos de exposición, pero es aburrido, casi nadie le presta atención porque evidentemente no está emocionado. Algunos compañeros se tiran pelotas de papel o platican.

Luego habla Diego y se le nota **MUCHÍSIMO** que no preparó nada.

—Voten por mí porque soy el más cool, definitivo. Voy a obligar al colegio a que los recreos sean más largos, que en vez de tomar clases veamos caricaturas y que podamos mascar chicle. **Chicle con la boca abierta** —dice y remata poniendo una de sus sonrisas ganadoras.

—Diego, ya te dije que esas propuestas están prohibidas porque son imposibles de realizar —acota la miss—. ¿No pudiste pensar en algo diferente esta semana?

—Bueno, da igual. Voten por mí porque soy cool. ¡Bye!

Cuando llega mi turno, el corazón empieza a latirme muy fuerte y siento que las piernas me tiemblan. Tomo aire con las tarjetas en la mano y comienzo a hablar.

—¡Hola, compañeros y compañeras! Seguramente me vieron durante esta semana haciendo campaña en el salón. Quiero ser presidenta porque entiendo que la persona que ocupe este puesto tiene que representar al grupo… y no simplemente creer que es la más cool.

—El problema es que **tú no eres cool**, Lulucita —dice Diego riéndose.

—¡Diego, no interrumpas! —lo reta la miss.

—Bueno. Quiero ser presidenta para proponer cambios que nos hagan bien a todos y todas. Tengo un montón de propuestas entretenidas, como comprar una pelota de futbol y otra de básquet para el salón, poner películas los viernes después de clases y…

—Y hablar siempre tonterías para que se rían de mí —completa el maldito de Diego.

Escucho algunas carcajadas y me pongo roja por la humillación. Me empiezan a entrar los nervios, pero no quiero llorar frente al salón, así que respiro y sigo.

—Quiero que podamos elegir los libros que leeremos durante el año en la clase de lenguaje. Espero que les gusten mis propuestas y voten por mí —termino de decir con la voz entrecortada.

—Muy bien, niños y niñas, recuerden que nos vemos el viernes a la hora de consejo de curso para las votaciones. Ya se pueden ir.

La pesadilla termina y salgo lo más rápido que puedo para llorar sin que nadie me vea, pero Luna me alcanza para abrazarme.

—Tranquila, Lulú. Diego es un payaso y tú lo hiciste muy bien.

—Me sentí tan tonta, Luna, fue horrible —digo llorando—. Ahora es obvio que voy a perder.

—Nada que ver, yo igual voy a votar por ti —dice Dani, apareciendo detrás sin que me dé cuenta.

Atrás de ella vienen Feña, Cami, Martina, Florencia y Antonieta. Luego llegan más y más niñas del salón a darme su apoyo.

—Tienes mi voto, Lulú, eres la mejor —dice Marti.

—Y el mío —agrega otra voz que no logro reconocer.

—¡Y el mío! —grita Fran.

Veo que se acerca también Montse y me dice «¡Lulú presidenta!» con el pulgar levantado.

—Gracias —respondo mirándolas y secándome las lágrimas—. Si llego a ganar, prometo ser la mejor presidenta de curso que jamás van a tener.

—Somos niñas y tenemos que apoyarnos entre nosotras —dice Valeria, la más lista del salón—. No vamos a dejar que pierdas ni que se rían de ti ni de ninguna de nosotras. Estamos juntas, somos un equipo, ¿no?

Me abrazan entre todas y me siento muy feliz y acogida. A algunas ni siquiera las conocía tanto, pero igual están ahí para darme ánimos. A pesar de que a veces peleamos y no nos caemos tan bien, en el fondo nos respetamos y apoyamos. Si niños como Diego querían ofender a una, nos defenderíamos todas. Todas como equipo.

ÚLTIMO DÍA

No les conté a mis papás ni a Max lo que me había pasado porque no quería tener que explicarlo y llorar de nuevo. Me quedé esa tarde más bien callada, dije que el debate había salido bien y me dormí temprano. Obvio que mi papá intuyó que algo me pasaba, pero respetó mi silencio.

El jueves estuve callada como tumba. Quedaba un día más de campaña, pero yo ya no tenía mucho ánimo de hacer más cosas, así que simplemente puse atención y en los recreos me fui a mi lugar secreto favorito del patio, donde siempre puedo estar sola y pensar. Como mi papá se había dado cuenta de que estaba bajoneada, me mandó las mejores colaciones posibles: pan con huevo, panqué de manzana y cajas extra de jugo, que compartí con las niñas que el día anterior me habían dado ánimo después del debate.

❖ ❖ ❖

El viernes despierto con sensación de intranquilidad. Aunque todas mis compañeras me dijeron que votarían por mí, es improbable que gane porque en el salón somos veinticinco en total y solo diez mujeres. Además, había hecho un papelón en el debate del miércoles. Bueno, no lo había hecho yo, todo fue culpa de Diego.

—Si pierdes igual seré tu amiga, Lulú —me dice Luna en el recreo antes del consejo de curso. Estoy triste y seguro se me nota.

—Lo sé, Luna, solo que me da tristeza porque pude haber sido una gran presidenta de curso —le respondo mirándome los zapatos.

—¡Pero aún no sabes si perdiste! Quizás algunos de los compañeros van a votar por ti.

—Después de lo que pasó ayer, difícil. Todos los hombres se rieron y apoyaron a Diego con su bullying.

—Ay, sí, qué rabia —dice apretando los puños.

Vamos al baño y nos quedamos conversando de otras cosas sentadas en los lavamanos. Nos encanta ese lugar. Después vamos a la cafetería y Luna me compra un panqué justo antes de que suene el timbre.

Volvemos a la sala caminando tranquilamente tomadas del brazo.

—Ya, querido grupo, llegó la hora de las votaciones —dice la miss Marta—. Va a funcionar así: les pasaré tres papelitos de colores diferentes, uno para cada cargo. Amarillo es para la secretaría, verde para la tesorería y blanco para la presidencia. Para que no se confundan, anotaré esto en la pizarra junto a los nombres de los candidatos y candidatas.

La miss nos entrega los papelitos y anota la información en la pizarra. Voto por mí, obvio. También por Luna, porque será una gran secretaria, y por Juan José, porque es responsable y estoy segura de que cuidará muy bien el dinero.

En la mesa de la profe hay tres cajas de plástico con tapa y una pequeña rendija para meter los papeles. Yo soy de las primeras en votar y luego me quedo en mi lugar con la cabeza apoyada en las manos. Es como si ya estuviese sintiendo mi derrota.

—Muy bien, ahora que todos votaron pasaremos al conteo —dice la miss—. Empezaremos con la secretaría, luego con la tesorería y finalmente con la presidencia. ¿Quién me puede ayudar a ir anotando los votos en la pizarra?

—¡Yo! —dice Anto.

—Muy bien, ¡empecemos!

❊ ❊ ❊

Luna es elegida secretaria con quince votos y Juan José, tesorero con trece. Cuando toca contar la presidencia, me da mucha vergüenza y siento ganas de meterme debajo de la mesa, pero recuerdo que papá me ha enseñado que también hay que saber perder. Así que intentaría estar contenta. Además, puedo postularme a presidenta otra vez el año que viene y el siguiente y el siguiente, hasta llegar a cuarto. ¿Por qué me urgía tanto?

La profe empieza a abrir los papeles y me sorprendo porque muchos dicen mi nombre. Cuando paso los doce votos casi suelto un grito de alegría. ¡Algunos niños también votaron por mí!

Termina el conteo y me siento como en una película. ¿De verdad gané?

—Muy bien, chicos, su presidenta de curso es **¡LULÚ!** ¡Felicitaciones, Luisa! Ganaste con ventaja, diecinueve votos.

—Ay, ¡no lo puedo creer! —digo emocionada y escondo la cara entre las manos.

—Yo sabía —me dice Dani, que se acerca para abrazarme.

Luego no me contengo y empiezo a dar saltos de alegría junto a mis amigas. ¡El lema **LULÚ PRESIDENTA** se había hecho realidad! Siento que valió la pena el esfuerzo e incluso los malos ratos que pasé.

—Felicitaciones, Luisa, debo admitir que voté por ti —me dice Diego masticando una bola de chicle.

—¿¡Qué!? ¿Es broma? —le pregunto con los ojos bien abiertos.

—No, es cierto. Voté por ti porque en realidad me daba flojera ser presidente de curso. Tal como dice la miss, soy medio desordenado, y además algunas de tus ideas estaban más buenas que el pan con cajeta. Hasta a mí me gustaron.

—Te falta pedirle una disculpa, Diego —dice Luna tocándole un hombro.

—Mmh, ya, bueno, perdón por lo de ayer —susurra haciendo un globo.

—¿Y qué más? —insiste Luna.

—Perdón por lo de ayer y por molestarte siempre. A veces se me pasa la mano con las bromas, sí. Pero en el fondo es porque creo que eres muy inteligente. Y también divertida. Puedes hacerme sombra. No te voy a molestar más, ¿bueno?

—Ni a mí ni a nadie, Diego. Te perdono si prometes que no vas a seguir haciendo sentir mal a la gente.

Lulú
presidenta de curso

—¿Dedito cruzado vale?

—¡¡NO!! —gritamos Luna y yo a coro.

—Okey, okey, nunca más. Palabra de boy scout —dice y se va a su lugar.

La profesora nos pide que nos sentemos porque tiene que dar un anuncio.

—Atención todos, como Lulú ganó y una de sus propuestas era que pudieran elegir los libros que leeremos en la clase de lenguaje, haremos la implementación de inmediato. Primero ustedes sugieren qué libros les gustaría leer y con base en eso yo hago la selección, ¿les parece?

—¡Sí! —grita gran parte del salón.

—Yo prefiero ver las películas de los libros. Casi siempre hay —dice Matías.

—Yo también, por mucho —lo apoya Antonio.

—Pero, miren, podemos elegir libros que tengan película. Primero los leemos y después la vemos, ¿les parece? —propongo intentando encontrar una solución que deje a todos felices.

—Podemos escoger el libro que sea más corto, además —grita Diego balanceándose en la silla—. O el más entretenido —agrega cuando ve que la profe lo mira feo.

—Ya, muy bien, vayan haciendo sugerencias —dice tomando el plumón para apuntarlas—. Y si el libro tiene película, prometo que la veremos en clases.

Algunos de los libros que proponen me dejan muy entusiasmada:

Cuentos en verso para niños perversos, de Roald Dahl.

Malala. La niña que quería ir a la escuela, de Adriana Carranca.

Azul, de José Andrés Murillo y Marcela Peña.

No todos los gatos negros son malos, de Elena Presas Villalba.

Bueno, esos dos últimos no tienen mucha lectura, pero la profe nos dice que los podemos leer igual y sin nota en los quince minutos de lectura silenciosa que hacemos los lunes.

LAS BUENAS NOTICIAS
SE FESTEJAN

Cuando suena el timbre me despido rápidamente de todo el salón y de la miss, agarro los cuadernos de tareas y me voy corriendo a la salida porque sé que, aunque ayer no le haya dicho nada, mi papá va a estar ansioso esperándome.

Al verme estoy segura de que debe intuir que gané por la sonrisa enorme que llevo. Nos abrazamos y se lo confirmo.

—Adivina. Soy presidenta —le digo en la oreja.

—¿Tú crees que alguna vez dudé de que así sería, señorita foto con banda presidencial? —me dice mirándome a los ojos y yo me río.

En casa nos esperan Max y mamá. Casi me caigo de espaldas cuando veo que la sala entera está decorada y sobre la mesa de centro hay un

lindo pastel que dice "Lulú presidenta" en letras naranjas.

—¿Y ustedes cómo sabían que había ganado? —pregunto emocionada.

—Sexto sentido —dice mi mamá.

—¿Y si hubiese perdido?

—Le habríamos puesto rápidamente muchas chispitas de colores al pastel para tapar las letras.

—Uhhh, ¿puedo ponerle chispitas de colores igual? ¡Es que me gustan mucho!

—¡Sí! —me apoya Max—. Yo las traigo.

—Ya, ¿qué quieren? ¿Té, jugo de fresa o refresco? —pregunta papá.

* * *

Mientras comemos me preguntan los detalles de la votación y decido contarles lo que me pasó en el debate. Todos entienden que no haya querido contarles el miércoles, ni ayer, por qué estuve callada. Y, sí, claramente sabían que algo me había pasado.

—Fue muy lindo ver cómo todas las niñas me apoyaron, ¡jamás imaginé que reaccionarían así! De verdad pensé que ya no ganaba y cuando vi todos los votos que tenían mi nombre, no podía más de felicidad.

—¿Viste, Lulú? Es importante creer en uno mismo; incluso cuando las cosas parecen ponerse feas hay que mantener la esperanza —dice mi mamá cortando el pastel.

—Y, si me permites, Lulú, yo también quiero decirte algo. Me alegra que estés feliz, pero nada es tan importante o de vida o muerte. Creo que a veces te tomas las cosas muy en serio y te preocupas de más. Cuando te toque perder, no quiero que sufras. Prométeme que va a ser así.

—¿Deditos cruzados vale? —pregunto y me acuerdo de Diego. En verdad él también tuvo un gesto genial conmigo hoy. Y creo que podría aprender algo valioso de él: ser un poqui-ti-ti-to más relajada.

La semana había estado muy intensa y ahora solo tenía ganas de divertirme, ver la tele y comer comida rica. Recordé que con Luna habíamos quedado en hacer una piyamada si es que perdíamos, pero también si ganábamos, así que pido permiso en ese momento.

—¿Puedo hacer una piyamada con mis compañeras aquí en la casa para celebrar?

—¿¡Con todas!? —pregunta mamá asustada.

—Somos solo diez. **Porfis, porfis, porfis** sería una gran manera de celebrar —digo poniendo ojos de Gato con Botas.

—Si ponemos los colchones inflables y movemos los sillones, caben todas tus amigas en la sala —dice Max tratando de ayudarme—. ¡Y Lulú se lo merece!

—Concuerdo —apoya papá.

—**¡Okey!**, pero voy a llamar a las mamás o papás de todas antes. Quizás a algunas todavía no las dejan dormir afuera.

* * *

Decidimos que la fiesta será el próximo viernes y me preguntan detalles como qué queremos comer y cosas así. Yo solo quiero hot cakes y pizza, pero papá insiste en que no es suficiente y Max opina que el desayuno del día siguiente también es importante. Así que les digo que ellos se preocupen de la comida y yo de la diversión: pelota, karaoke, películas y por supuesto… **PELEA DE ALMOHADAS.**

PIYALMOHADA

Mi primera semana como presidenta pasa volando. Junto a la nueva mesa directiva ponemos en marcha otra de mis propuestas: pedimos a cada compañero una cuota de veinticinco pesos para comprar dos pelotas.

Con mis compañeras nos dedicamos todos los recreos a planear la piyamada y me siento feliz. Nunca nos había visto tan unidas. El viernes todas van a clases con una maleta y cuando suena el último timbre salimos corriendo en estampida. En la entrada están el papá de Luna, el de Antonieta y el mío, listos para llevarnos en sus autos a mi casa.

❋ ❋ ❋

—Apúrense —les digo a Martina y a Dani, que se están cambiando de ropa en el baño—. ¡Vamos a jugar a la pelota!

—¡Yo quiero ser portera! —grita Dani—. Traje mis guantes y todo. Siempre lista, jeje.

Armamos los equipos y Max llega con la pelota y un silbato. Lleva un short negro que deja al descubierto sus piernas flacas, que me dan risa.

—Muy bien, equipo verde y equipo celeste, elijan a sus capitanas.

❋ ❋ ❋

Corremos de aquí para allá por casi una hora hasta que damos por finalizado el partido. El equipo verde nos gana por goleada: ¡4-0! Luna es muy mala portera, hay que decirlo. Se reía por todo y se distraía mirando cualquier tontera que cruzara por los aires. Lo pasamos demasiado bien y lo más genial fue que ninguna se enojó. Ni siquiera yo, que amo ganar, ¡ups!

Nos viene un hambre feroz después del deporte, así que entramos a comer. En la sala, papá nos tiene preparada la estación de «arma tu hot cake». Hay masa de hot cake, obvio, dulce de leche, mermeladas, caramelo, salsa de chocolate y más cositas para ponerles, como plátano, chispas de colores, fresas y galleta molida. ¿Cómo no va a ser este el mejor papá del mundo? Nos lavamos las manos y luego comemos. Yo le pongo a mi hot cake literalmente todo lo que hay en la mesa. Porque así soy, me gusta ponerle todo, todo, TODO.

Vemos una película que tenemos que retroceder a cada rato porque no podemos parar de platicar y hacernos bromas. Justo en el mejor momento, suena el timbre.

—¡Llegó la pizza! —grito con toda el alma.

—¡**Ayyy**, voy a reventar de tanto comer! —dice Anto—. Pero jamás, jamás, jamás rechazo un pedazo de pizza de peperoni.

—Oh, yo no como carne —dice Flo, desilusionada.

—No te preocupes, Flo, nosotros siempre pensamos en los vegetarianos —le dice mi papá guiñándole un ojo.

Seguimos viendo la película con las cajas de pizza entre nosotras, ¡había de muchos tipos! Comí de pepperoni, cuatro estaciones, vegetariana y hasta probé la hawaiana. Realmente íbamos a explotar, así que después nos quedamos tiradas en la alfombra contándonos cosas divertidas, como cuando Luna creyó que había visto un fantasma en el gimnasio y se hizo un poco de pipí y cuando me lo contó me dio tanta risa que también me hice un poco de pipí.

—¿¡De verdad les pasó eso!? —pregunta Feña muerta de risa—. ¿Y qué hicieron?

—Nos duchamos y después nos pusimos el pants sin calzones nomás.

—¡¡Qué dementes!! —comenta Cami.

—Yaaa, ¡no se hagan las que nunca les ha pasado! —dice Luna.

—Ay, ya, igual sí, pero me da vergüenza —reconoce Cami con los cachetes rojos.

De pronto me acuerdo de una de las «actividades recreativas» que tenía programada y grito: **«¡Llegó la hora del karaoke!»**.

✳ ✳ ✳

Cantamos tres canciones, y a la cuarta ya estamos muertas, así que decidimos acomodar los colchones en la sala para dormir. Nos desparramamos todas por aquí y por allá tapadas con cobijas de colores.

No recuerdo mucho qué pasó después; solo sé que un golpe repentino me sacó del sueño. ¡Había recibido un golpe de almohada! **¡Ataque sorpresa matinal!** Al parecer todas se habían puesto de acuerdo para despertar más temprano que yo y ponerse a jugar.

Rápidamente atino y tomo mi almohada para defenderme. Luchamos con nuestras armas de pluma hasta que mi mamá nos avisa que el desayuno está listo y salimos todas disparadas a comer.

Cuando tomo mi vaso de leche me aparto del grupo y pienso en una cosa: las piyamadas son lo mejor. Luego me corrijo: en realidad, lo mejor del mundo son las amigas.

Si no me hubiesen elegido presidenta, las querría igual.

AGRADECIMIENTOS

Coti

A Memo Ojalá no terminemos pronto, porque me daría pena leer los agradecimientos. Eres bacán.

A mis papás y a Valentina Gracias por los genes.

A Peña, Gisse y Chely Por prestarme las tareas, por ser cómplices en todos mis crímenes escolares y por hacerme compañía siempre, aunque estemos lejos. Admitan que soy la mejor en el Pictionary.

A Ron Por escucharme (yo sé que me entiendes, perrita).

A Diego Porque sí.

A mis profesores y profesoras (los bacanes, eso sí). Por enseñarme mucho más que un par de artículos y servir de apoyo cada vez que me tropiezo. Ustedes saben quiénes son.

A todas las personas que me siguen Por aplaudirme hasta los peos, aunque no me lo merezca.

June

A las personas pequeñas de mi vida Especialmente a Paula y Armandinho.

A mi familia Por los libros y por todo en general.

A Magda Quien sujeta el otro extremo del hilo rojo.

A mi gentecita linda Que me acompaña en todas las crisis y en todos los festejos.

A Maca Por volver mis mayores sueños de niña (y de adulta) realidad.

Josefa Araos Moya – a.k.a Coti

Nació una noche de abril del glorioso 1998. Hizo a su madre pasar por doce horas de trabajo de parto, porque las divas se hacen de rogar. Gritona desde siempre, porque drama queen se nace. Aprendió a amar los libros con tres años y desde entonces soñó con escribirlos. Tiene un compañero de batallas llamado Ron (Roncito para los amigos). No le gustan las lentejas ni el betabel. Odia las injusticias y las combate intensamente. Es la reina de los juegos de mesa. Uwu

June García Ardiles

Muy leo ascendente en tauro del 96. A los dieciséis años se declaró feminista y desde ahí se ha dedicado a trabajar en distintas iniciativas de género, sexualidad y feminismo a nivel nacional e internacional. Queen máxima de los brillitos, los usa sin límite alguno. Ama la Coca-Cola y a todos los gatos del mundo. Su nombre se pronuncia «Yun» y está acostumbrada a que la llamen de mil maneras. *Tan linda y tan solita, el libro del fin del patriarcado* fue su primera publicación.

Natalia Silva – Natichuleta

 «¡Oh, dios mío!» fue lo que exclamó Natalia al leer las biografías de las dos autoras de este libro, ya que se dio cuenta de que, al nacer el 24 de abril de 1993, era oficialmente la más vieja de las tres. Natalia (también conocida como Natichuleta) es autora e ilustradora de obras como *No abuses de este libro* y *Buscando a Gordon*. Es tauro, Hufflepuff y le gusta comer cosas dulces.

ÍNDICE

Lulú quiere ser presidenta de Josefa Araos y June García
se terminó de imprimir en el mes de febrero de 2022
en los talleres de Diversidad Gráfica S.A. de C.V.
Privada de Av. 11 #1 Col. El Vergel, Iztapalapa,
C.P. 09880, Ciudad de México.